엘리트 시선 32

생명의 샘 햇빛이 좋다

김재삼 제2시집

엘리트출판사

이 도서의 국립중앙도서관 출판예정도서목록(CIP)은
서지정보유통지원시스템 홈페이지(http://seoji.nl.go.kr)와
국가자료종합목록시스템(http://kolis-net.nl.go.kr)에서 이용하실 수
있습니다. (CIP제어번호 : CIP2020008874)

생명의 샘 햇빛이 좋다

김재삼 제2시집

엘리트출판사

독자가 공감하고 감동하는 글을 쓰고 싶어

생각이 새롭습니다. 어릴 때부터 책 읽기를 좋아했습니다. 지나온 삶의 그림자들, 군인 시절 대필해주던 서간문, 해외여행에서 돌아와 썼던 기행문, 유명 인사들의 연설문 등을 쓰고 스크랩했던 모든 것이 나의 길잡이인 것을 두 번째 시집(詩集)을 내면서 인지하게 되어 감회가 새롭습니다.

시인으로서 제가 진정 사회에 봉사하는 참다운 길을 나 스스로 개척해나가고자 합니다. 노력하는 인내의 정신으로, 내 생에 필연인지 우연인지 이성교 교수님께서 돌봐주신 은혜에 감사드립니다. 나의 성숙하지 못한 글을 지도해 주시고 뽑아주신 장현경 평론가님께도 감사의 마음 전합니다. 마영임 편집장님 도움으로 두 번째 시집을 내놓게 되어 기쁜 심정 금할 수 없습니다.

부족한 글을 독자 여러분께서 따뜻한 마음으로 읽어주시고 때로는 공감하고 감동하는 시가 되었으면 좋겠습니다. 나의 글에 열렬한 성원을 아끼지 않는 가족과 이웃의 든든한 지지에 고마운 마음 전하며 이 영광을 사랑하는 가족과 함께하겠습니다. 청계문학의 무궁한 발전을 기원하며 독자 여러분의 정서에 조금이나마 도움이 되길 바라면서 좋은 시로 다시 만남을 기약합니다. 여러분 사랑합니다!

경자년 새해 아침

햇빛 김 재 삼

목차 · 생명의 샘 햇빛이 좋다

제1부 내 마음에 봄이 오니

제2부 내 마음의 등불

제3부 흘러가는 세월 따라

제4부 노을빛을 바라보며

제5부 눈 내리는 호수에

□ 여는 시

오늘 아침

하늘길이 열렸다
파란 햇살이 방긋 미소 짓는다
시야가 환한 싱그러운 아침

베란다의 화분에 피어나는 꽃도
싱그러움에 날개를 활짝 열고
바라보는 내 마음 가슴 설렌다

정원의 꽃들이 화사한 춤바람
시작부터 희망이 솟아나는
오늘 하루

한걸음씩 나아가면서
축복 되고 보람된
꿈의 날개를 활짝 펼치리라.

김재삼 제2시집

생명의 샘 햇빛이 좋다

제 1 부

내 마음에 봄이 오니

벌 나비 찾아오면
환희의 가슴 내일을 위해
포근한 정 못해본 정
아낌없이 줄 거야

봄비를 앞세운 입춘

가물고 가물어 메마른 인정
살을 에이던 한파는 계절에 떠밀려
봄비로 왔다 참고 기다려온 인고의 눈물로

언 땅속 깊숙이 잠자던 입춘
봄비에 잠은 깨고
설빔 단장 몸부림

이별의 상처는 살살 녹아내려
연두색 입술로 눈을 뜨고
봄맞이 희망찬 노래

봄바람 살랑살랑
연두색 꽃잎으로 애무해 오니
아지랑이 입김으로 널 맞으리.

내 마음에 봄이 오니

파란 꽃 빨간 꽃 노란 꽃 하얀 꽃
지천으로 피었네
파란 하늘 아래 연둣빛 향기로

벌 나비 찾아오면
환희의 가슴 내일을 위해
포근한 정 못해본 정
아낌없이 줄 거야

따스한 햇볕으로 언 땅 녹이고
잠자던 우리 아기 손가락 펼칠 거야
청운의 푸른 꿈
지지배배 새들의 봄 노래로.

매화

산골짝 음지에는
아직도 빙설이 분분한데
성급한 홍매화 백매화
꽃망울을 활짝 펼친다

곱고 고운 너의 모습
아름다운 그 향기
가슴에 품고 싶은 욕망

긴 잠에서 깨어나
얼굴부터 내민 성급한 여인이여
앵두 같은 그 입술에
누가 입 맞추리

벌 나비도 오지 않는 꿈속
찬 이슬 모진 바람
참고 견디는
눈물의 여인이여.

매화꽃과 쑥

찬바람 껴안고 가버린 봄날
조석으로 시린 한파가 손끝을 여민다

지난밤 저 산등성이 넘어서
매화꽃 피었다고 향기 품은 배달부가

곱게 잠든 언 땅 헤집고
파란 쑥이 소담스레 올라와 있네

계절의 향기로움 선물로 주신 그대
뜨거운 가슴으로 맞이하네.

국유림 관리소 앞뜰에 핀 벚꽃

찬바람 얼음 안고 피어나
4월의 화신 되었다
시련 속에서도
봄을 듬뿍 안고 따스한 햇볕에 연륜 높은 고목
멀리까지 웃음꽃 활짝 띄운다

어서 오라 유혹하며
가지마다 하얀 꽃구름
작년에도 금년에도 내년에도
변함없이 다시 볼 수 있음이
기쁘고 고마워라

봄바람 절정으로 눈꽃 되어
싱숭생숭 내 마음도 들썩들썩
벚꽃 향기에 이끌려
환락에 젖어 드니
여기가 이승인지 꿈인지.

냉이꽃과 패랭이꽃

휘어지고 굽은 다리
봄 향기 생각에
산책하는 나그네

무거운 흙 밀어내고
파란 하늘
애타게 쳐다보는 봄꽃

실낱같은 생명 줄로
바람에 흔들리는
하얀 냉이꽃 보랏빛 패랭이꽃

그 앞에 멍하니 서 있는 수줍은 봄꽃

낡은 담벼락 움켜잡고
새싹을 틔는
담쟁이꽃도 있네.

봄의 화신

산에는 진달래 뒤뜰에 개나리꽃
산새도 노래하고 춤추는 흰나비
하늘에 솜털 구름 정답게 놀고 있다

마을마다 꽃놀이 북적대는 상춘객
꽃들은 서로 다투어
화사하게 웃으며 어서 오라 손짓

봄바람에 활짝 피어나는 예쁜 미소로
사뿐사뿐 걸어오는 봄의 화신
아장아장 걸어보는 연두색 얼굴도

모두
봄의 화신인가 보다.

잠시만 기다리자

하늘에 먹구름도
잠시만 기다리면 맑고 파란 하늘이고
거센 바람도
잠시만 기다리면 조용하고 포근한 봄날이다

소낙비 흙탕물도
잠시만 기다리면 맑은 물로 변하니
우울하고 복잡한 이 마음
잠시만 기다리자 웃는 날 올 때까지

차분히 마음 달래며
잠시만 기다리자
평온한 기다림으로
내 행복 올 때까지.

장미꽃 사랑

강한 햇살에 안겨 오는
붉은빛 속삭임

야릇하게 빨려드는
저 눈빛

바람결에 밀려오는
밀어

가시 있는 그리움
전부 사랑으로 꽃피우리

붉게 검붉게
사랑으로 가득 피웠네.

평화롭고 아름다운 미소

비 갠 후 햇살은
산뜻하고 상쾌한 기분

찜통 여름철에 불어오는 산들바람
반갑고 시원한 바람

혹한 추위 속에 모닥불은
따뜻한 온기

줄곧 나에게 기쁘게 맞는
그대의 미소
평화롭고 아름다워라.

그리움

세월은 나를 싣고
뒤돌아볼 새 없이 가는데
길이 없어도 만났던 사람

고개 들고 하늘을 보니
문득 안부가 그리워진다

까만 눈동자 속 비춰는 달
돌아보니 너무 멀리 왔는데

아직 가슴 시리지만
그리움
언제나 내 앞에 떠도나.

숲이 좋아

고요가 머무는 숲속은
끊이지 않는 꿈의 대화
바람 소리 물소리 새소리

장막 속에서
아름다운 선율이 울리고
포근한 사랑으로 감싸 준다

희망이 넘치는 숲속엔
맑고 생긋한 녹색 향수 냄새
비둘기 참나무 다람쥐
어울려 함께 사는 숲속에
활력이 솟고
참 사랑이 솟아난다

숲은 팔을 넓게 벌리고
땅속 깊이 뿌리내리고
하늘 향해 푸른 욕망 펼치며
가슴을 활짝 열고
그 그늘로 고이 품어

모든 생명 돌봐준다

평화가 충만한 숲들은
금수들 사랑하는 놀이터
꽃피고 열매 맺어
알찬 열매로
의식주 해결하는 지상 낙원이구나
숲이 좋아 사랑해요.

찻잔에 어린 그리움

달빛 사이로
하얀 찔레꽃 피던 날
찻잔에 떠 있는 달 그리움도
사랑을 속삭이는구나

작은 추억마저 허락 없는
가엾은 너의 모습
언제나 홀로되는 그리움
불청객인지

몰아쉬는 숨
타는 가슴
진정할 길 없는
너와 나만의 이야기
찻잔에 어린 그리움

달빛 감도는 찻잔에 띄우고
너만의 향기로
그리운 가슴 달랜다.

김재삼 제2시집

생명의 샘 햇빛이 좋다

제2부

내 마음의 등불

마음이 답답하고 어두울 때
마음속에 등불 하나 밝히자
길이 보이고
세상만사 찬란히 빛나는 것을

보슬비 내리는 휴일

보슬비가 보슬보슬
하염없이 내린다
메마른 내 마음을
차분히 적셔준다

지난날
희미한 영혼 속에
슬며시 떠오르는 추억

사랑과 이별 고통과 향연
창문 넘어 그려보는 내 자화상

지난날의 영상도
앞으로 가야 하는 미래도
다 내 몫으로 남는구나

지나온 인연
다독여 주지 못한 아픔을
보슬비는 아련한 추억 담아
사랑의 진행형으로 내린다.

바람이 불면

붙잡을 수 없는
한곳에 머물지 못하고 지나가는
나는 그런 바람을 사랑했나 봐

오는 사랑 안 막고
가는 사랑 안 잡았기에
사랑이 머문 흔적
지워질 때까지 아팠습니다

나에게 또다시
지나가는 바람으로 불면
선택할 사랑은 하지 않으리라.

사랑의 수채화

해맑은 햇살
바라보는 태양
그대는 내 영원한 사랑

너와 나의 만남
두 마음이 하나 되는
사랑의 그림 색채

하나의 하늘로 가슴 열고
땅을 바라보며 그리움은
따스한 음률에 취해 버린다

마주하는 눈빛 사랑한다는 고백으로
자신을 비우고
사랑하는 당신으로 채워

잃은 것 얻은 것 다
평안의 미소 되어
하늘과 땅 마주 보며
사랑의 수채화를 그린다.

숲과 행복

반짝반짝
나뭇가지 사이로 스며드는 햇빛이
잠자던 나의 꿈을 간질이고 간다

살랑살랑
이파리로 부는 바람은
이마에 땀방울 어루만지며

입가에 머문 미소
참 행복해하고
햇살 품은 바람결이 새록새록 잠이 들면
부푼 이 가슴에 꿈도
모락모락 풍겨오는 상큼한 풀 향기도
나의 심신을 자극한다.

오는 계절 가는 세월

봄이 온 듯하더니 벌써 여름인가
아카시아 그윽한 향 콧속에 맴도는데
녹음 짙은 샛길로 땀방울이 아롱져

설레는 마음에 치장도 아직 안 했는데
진달래 피고 지고 두견새 슬피 우면
두고 온 옛사랑 생각이 난다

황금빛 물든 산천 꽃바람 날리더니
처마 끝에 고드름 아롱다롱 매달려
노처녀 노총각 마음만 설레

온다 하면 가고 간다 하면 오는 세월
원수 같은 혹 뿌리에
남아 있는 아쉬움 생의 한 장막인가.

내 마음의 등불

밤이 어두운 것은
태양이
내일을 찬란히 빛나게 하려는 것

나를 괴롭히는 크고 작은 고난과 괴로움이
큰 행복을 주기 위한 시험대인 것을

마음이 답답하고 어두울 때
마음속에 등불 하나 밝히자
길이 보이고
세상만사 찬란히 빛나는 것을

내 마음의 불빛이
주위를 비춰주고
가슴에서 마음의 등불이 되면

세상은 환하게 밝아
구름 없는
태양으로 빛이 날거야.

노란 꽃 민들레야

내 마음 한구석에
우연히 홀로 앉은
청운의 푸른 꿈이

금빛 욕망 바라보며
활짝 벌린 연둣빛 잎새로
맑은 햇살에 노랑꽃 피었다

머리에 하얀 고깔 곱게도 익어
백발 머리 홀씨 달아
나풀나풀 날아가
은빛 날개 접는구나.

눈썹달

서쪽 하늘 노을빛
해지는 밤
파란 하늘에 눈썹달을 그렸네
자연의 조화

한적한 골목길
혼자 걸으니
길동무되어
속삭이고 있네

저 눈썹달 곱게 따서
우리 임
눈썹에 달아 주고파.

다정한 우리 이웃집

이웃집끼리 화목한 것은
아침 인사부터
안녕하세요
웃음 지닌 환한 얼굴들

비가 오나 눈이 오나 해가 뜨나
하루도 쉬지 않고 마주하는 우정
지난 세월이 아름다운 것은
잘살아 보고 싶은 삶의 나눔

사람의 마음도
바람처럼 흔들리고
감정 따라 기분에 갈대처럼 춤추는데
오직 올바른 인정으로 꽃 피워 가는 이웃집

그대 얼굴에 해맑은 미소
언제나 이웃 간에 자랑할 이야기
삶이 힘들 때도 더불어 살아가는 이웃
오늘 하루도 내일을 향한 도전의 길.

당신

언제나 아름다운 미소로
반갑게 손 잡아주는 당신

따뜻한 말 한마디

모두 나에겐
희망주고 행복 주는 당신.

우리 마을 꽃향기

앞집에는 웃음꽃이
뒷집에는 이야기꽃
옆집에는 행복 꽃이
활짝 피었네

봄에는 매화꽃 향기
여름에는 장미꽃 향기
가을에는 국화꽃 향기

겨울에는 푸른 청솔을 위해
하얗게 핀 눈꽃 향

온 세상 꽃향기로 가득하네.

대화면 개수리 전이 골에서

다래 덩굴 엉켜 있는
전이 골 맑은 개울엔
박태기나무 꽃들이 유령처럼 피었다

돌덩이가 살벌한 산길을 따라
풀 이끼 덮인 바위틈을 지나
내가 쉬어갈 자리에 여장을 풀고

천년의 물결에 씻기고
만년의 비바람에 할퀸 개울엔
검푸른 물만 가슴을 앓고 있다

녹음 짙은 산속 저 속에
이름 모를 산새들이 목 놓아 지지배배
부딪히고 깨지는 개울물 소리
인적 끊은 새벽이면 구슬프게 울어.

고향 찾은 나그네

참나무 푸른 그늘에서
뛰놀던 친구들
토담집 나무 울타리 밑에
파랗게 자란 하얀 냉이꽃이 그립다

인적 드문 한산한 거리마다
찬바람이 감아 돌고
고즈넉한 초가지붕 사라지고

반 눈감고 졸던 삽살개
나를 보자 일어나 캉캉 짖어댄다

굴뚝에 먹구름 피어오른 연기
골목마다
아이들 왁자지껄하든 웃음소리

내 떠날 때의 옛 모습 없어
무정한 세월이 야속하다
변해도 너무 했다.

그렇게 살고 싶다

바람도 쉬어 가는 새벽 산책길

산새들이 조잘대는 상쾌한 곳
아침 이슬 머금은 풀숲
들꽃들이 줄줄이 미소 짓는 곳

한적한 산골에
맑은 시냇물이 조잘조잘 흐르고
머루 다래 익어가는 달콤한 향수
물고기 잡고 놀던 추억 어린 그곳에

그림 같은 집 하나 지어
텃밭에 상추 심고
울타리에 각종 꽃나무 심어
가꾸는 재미
시냇물에 발 담그며 콧노래 부르며

오가는 계절의 변화에
온몸에 느끼는 계절의 풍요로움
진달래꽃 따 물던 동심으로 돌아가
꿈꾸며 행복하게 그렇게 살고 싶다.

꽃샘추위

여린 햇살은 전설을 녹이니
나목마다 보시시 솜털 눈뜨고
매화 목련 다투어 꽃망울 펼친다

짓궂은 여우 하늘 함박눈에 진눈깨비
몹쓸 꽃샘추위 뼛속까지 파고들어
옷깃을 여민다

솟아나는 여린 새싹 몸을 움츠리고
피어나는 봄꽃들도 얼굴 찌푸리는
몹쓸 놈의 꽃샘추위.

봄이 오는 길목에서

새 생명이 움틀 거리는
사랑의 생명수
봄

산골짝마다 피어나는 아지랑이
눈 녹아 흐르는 개울물은
조잘조잘 다정하게 흘러 봄소식 알리고

매화 산수유 생강나무 개나리
다들 봄을 사랑한다고
앞다투어 피어나고

다정한 햇살 부드러운 봄바람에
벚꽃 진달래도
꽃망울을 활짝 피워

사랑 안고 찾아온 봄
제일 먼저 어떤 예쁜 꽃다발이
내 품에 안겨줄까.

봄이 왔어요

새싹이 움트는
화사한 봄날
당신이 보고파 집 밖을 나왔지요

당신이 만들어준 시집을 보면서
눈이 아리도록
그대 향에 취해

내 가슴에 품어보고
그대 품에 안기어
따사로운 봄날에

따스한 입김
따스한 체온
함께하고 싶네요.

햇빛

먼동이 튼다
오색 운무의 현란한 축복에
태양은 둥실 밝은 빛을 밝히고

새 아침
있는 자도 모자란 자도
평등과 평화에 허리 굽혀 고개 숙인다

햇빛
그 은혜와 사랑 새 생명을 잉태하고
먹고 자라며 결실하고 사라지는 세월

생명의 햇빛
우연히 왔다가 인연 속에 꽃피워
무심히 사라지는 못다 한 생명

사랑과 원한의 눈빛도
탐욕과 욕망의 눈빛도
흐르는 물빛처럼 무심해
내 그대를 바라보며 사랑했기에
스스로 '햇빛'이라 하였노라.

내 인생 바람 따라

오라면 오고
가라면 가야 하는
쉴 틈 없이 돌아가는
인생 수레바퀴 속에
한탄해 봐야 무슨 소용 있을까

저 길 한가운데
생명이란 한 포기 야생화처럼
바람이 불면 흔들리고
비가 오면 젖은 대로 살다가
행복과 고난이 교차할 지점

나는 선택 하리
순박한 야생초로
이름 모를 야생화로
진한 향기 빛깔 고운 꽃으로
피어나고 싶다.

제3부

흘러가는 세월 따라

인간의 모습과 습관
그래도 어느 순간의 기억은
고스란히 남아
그리움의 추억으로 숨 쉰다

삼복더위에 웃고 운다

찜통더위에 열대야까지
숨 막히는 열기
흘러내리는 땀

강과 바다가 그립고
시원한 계곡에 마음 들뜬 삼복
에어컨 냉기 감기가 겁나서

복은 사람 앞에
개가 엎드린 뜻
더위에 지친 몸 개 보신탕이 으뜸

개 팔자 상팔자 시대
삼계탕만 즐기니
아쉬운 닭만 요절.

유년 시절 여름밤

유년 시절 여름밤은 꿈이 싹트는 날
멍석 위에 둘러앉아 저녁 식사하던 가족
모깃불이 구름같이 피어나는 매케한 연기
그 모두가 내가 자란 어머니의 품속

밤하늘에 반짝이는 별을 바라보면
바가지 닮은 북두칠성 달 속에 토끼
은하수를 바라보며 희망 꽃을 안고
할머니 이야기에 꿈나라 가던 시절

앞뜰 감나무엔 매미가 매롱매롱
반딧불 조명이 밤하늘을 날고 날던
꿈이 자란 유년 시절
맑고 시원한 여름밤

지금의 여름밤은
아스팔트가 녹아 몸서리치는 열대야
지구가 변했나? 밤하늘도 다른 모습
인간이 저질러 놓은 죄의 대가인가.

인생(人生)

웃음 한번 웃어보니
온 천하가 내 것 같고
눈물 한 방울 땅에 떨어지니
넓은 세상 할 일도 많다
설움 한 모금 마시니
한여름 빙수처럼 시원해

그래 인생
길고도 짧은 삶
채움의 고난
비움의 행복

부딪히고 깨어지는
물거품 같은 인생을.

달맞이꽃

햇빛이 싫어
어두컴컴한 달밤이 좋다
길손도 오가지 않는
벌 나비도 날지 않는 고요한 밤이

불러도 대답 없는
애끊는 사연들을
가슴속에 다지는 인고
창백한 여신으로

애끊는 두견새 울음 그치고
붉은 달이 서쪽으로 기울면
태고의 적막 속에 별빛만 파고드는
가슴 조이는 아픔이 온다

동녘이 밝아오면
눈물겨운 그 많은 사연이
아침 이슬과 함께
꽃잎을 접는 거룩한 지조.

독도에서

동해바다 외딴섬 검푸른 바위섬
경상북도 울릉군 독도(獨島)리
아침 해가 피어나는
동방의 큰 등불

백의 입은 갈매기
하늘 높이 돌고
바닷속 물고기 떼 동도에서 서도로
온난이 교차하는 자연스러운 푸른 바다

하얀 갈매기 떼 한민족의 투혼
바다 멀리
대한해협 지키는 영롱한 눈빛
억센 파도 몰려와도
바위 절벽엔 속수무책

태극기 새겨놓은 한국 영토(韓國領土)
전 세계 자랑거리 독도
탐내지 마라. 넘보지 마라
대한민국 보물섬
우리는 자자손손 보전하리라.

7월 장마

소낙비가 내린다
하늘이 깨질 듯 땅이 꺼질 듯
천둥 번개 소리

때론 폭풍우로 살짝 얼굴 내민
여우비로 꼴값도 여러 가지
지루하게 퍼붓는다

비에 흠뻑 젖은
저 연약한 풀잎
얼마나 더 무성하게
자라고 있을까
물바다로 반도가 요란한 뉴스

찌푸린 얼굴에도 사랑은 흘러
사람과 사람 사이를
우산들이 마주하며 종종걸음에

비가 개고
밝은 햇살이 반짝이면
청잣빛 하늘

해맑은 웃음이

연약한 풀잎도 나도
활기찬 발걸음 따가운 햇볕
빗방울은
또 땀방울이 되는 7월.

7월은 포도가 익어가는 계절

덩굴 사이 그물 햇살에
보랏빛 구슬이 익어 가면
마음속에도 보석처럼 빛나는
구슬처럼 꿰어놓은 추억이 그립다

한 잔의 포도주에 어린
햇살 같은 너의 해맑은 미소
가슴 깊이 익어만 간다

이제나저제나 덩굴 휘도록
터질 듯 무르익은 너의 미소
보랏빛 그 사랑 어찌 잊으리

소슬 같은 가을 뜨락 추억을 밟고
소슬바람 안주 삼아
한잔 술에 취하리
보랏빛 사랑.

바람 소리 가을 빛깔

어저께 찬바람이 비를 몰고 왔다
진녹색 초원이 황갈색으로 바뀌고
뜨락엔 어느새 가을빛 물들어
마음 한편엔 스산한 바람이 분다

세월은 언제나 변함없는데
갈색의 나뭇잎 고뇌의 빛깔
깊어가는 황혼의 시간
더욱더 빠르게 흘러가고

떨어지는 낙엽은 자연의 순리를
거부할 수 없는 운명 앞에서
오색의 고운 추억으로 남기고
먼 길로 떠나는 이별의 가을빛

스산한 바람 불어
한 잎 두 잎 떨어지는 소리
한 폭의 파노라마처럼
쓸쓸히 흩어져 간다.

강물이 되어

강물이 되어 흐르고 싶다
그대와 머문 자리
기억 저편에

태연히 살아있는 그리움을
서러워 꺼낼 수 없는 가슴앓이
말없이 띄워 보낼
강물로 흘러가고 싶다

소리 없이 적시는 가랑비처럼
온 땅을 흔드는 장대비처럼
말없이 받아들이다가도
가끔은 아프도록 이별도 하지

아무도 막지 못할 운명으로 와
제 갈 길 찾아가는
강물이 되어 흐르고 싶다.

강물처럼

도도히 흐르는 강물
그 마음 한량없이 넓다

오폐수도 흙탕물도 끌어안고
계곡에서 조잘대던 여울물도
벼랑에서 떨어지는 폭포수도
말없이 조용히 품에 안아 정화한다

넓은 바다를 향해
인간의 욕망은
한없이 높아만 가는 진리

강물은 차별 없이 합류하여
자연정화가 이루어지는 강물처럼
인간 세상에도 화합의 물결은 흐를까!

흘러가는 세월 따라

변하는 것이 세상사
바라보는 자연풍경 사물과 물건의 형상
인간의 모습과 습관
그래도 어느 순간의 기억은
고스란히 남아
그리움의 추억으로 숨 쉰다

도시가 되어버린
옛 동산 어린 시절
그 옛날 첫사랑
설렘과 아쉬움이 마음을 파고 도는
열린 가슴에

세월 따라 세상이 아무리 변해도
마음에 뿌린 씨앗은
무럭무럭 자라
흘러가는 세월 따라
나를 괴롭게 한다.

정(情)

누구나 시린 고독 감춰두고
아무렇지도 않게 살아가는
정

넘치면 눈물
없으면 무관심
흐르다가 지우다가 희미해지는
목마른 계곡의 개울물처럼

후회와 아쉬움이 교차하는 길목
어딘가 흔들리는 삶의 영역 앞에
슬픈 영혼 감싸주는 체온

외롭고 쓸쓸해 허전한 마음
바람에 흔들리는 촛불처럼
뜨거운 눈물 자국 지우며

이 순간도 정은
주고 싶고 받고 싶다.

자연의 소리

바람이 불고 비가 온다
새들이 조잘조잘
나뭇잎이 팔랑이는 소리

구름대가 떠돌고
멍멍개가 짖어댄다
세월이 흘러가는 소리

동쪽 하늘 붉은 해가
저녁노을에 지면
별빛 따라 달 가는 소리

계곡물이 흘러 졸졸 울면
시끄러워도 좋다
귀속을 파고드는 자연의 소리.

기도

얇은 바람에도
흔들리는 이 마음

청산에 소나무같이 늘 푸른
눈보라 모질게 휘몰아쳐도
늘 그 자리 있게 하여 주소서

삶의 고개마다
정의롭고 아름다운 꽃을 피우고

저무는 햇살에도 구김살 없이
늘 기쁘고 보람된 마음 담아
결실의 영광 보여 주소서

싱싱한 마음 푸른 꿈으로
한 세상 원 없이 살았다고
후회 없이 살았다고
추억으로 남게 꼭 잡아 주소서.

분단의 철책선

하나를 둘로 나눈 38 철책선
누구의 소행인가 민족의 허물인가
허리의 상처 국운의 불치병

형제간 끊은 인연 벌써 70년
새들아 전해 다오
남북 사연을

상상의 그림으로
처방 없는 가슴앓이
민족의 설움 원수 아닌 적.

세월

무엇을 해야 할까
어제도 오늘도
부질없이 서성대는 발걸음

연못 위에 물안개처럼
아스라한 여정 거슬러 올라본다
벌써 일흔 살이 넘어

굽이굽이 보일 듯이
아른거리는 고개 저 너머

가슴은 뛰는데 길이 멀구나
눈을 감고 조용히 깨달아 보니

지난 세월
이만큼 멀고 멀리 흘러왔네

세월은 그저
유유히 흐르는 강물처럼.

아시나요, 그대여

내 가슴은 언제나
그대 생각

그래서 위안이 되고
많이도 그리운 걸

하루가 버거울 때
그대 그리면서

콩닥거리는 가슴 부여잡고
그대 모습 떠올리네

온 마음 쏠리는
그대 향한 이 사랑

진정
아시나요, 그대는!

쑥국새 우는 사연

쑥국 쑤 쑥국
먼 산 솔숲에서
날카롭고 구슬프게 울고 있다

임 없는 달밤 그리움인가
어미 잃은 슬픔일까
지난날의 한에 목멘 외침일까

먼저 가신 임 생각에
눈시울 적시며 홀로 쑥국 대는
마음속 응어리진 원한

무더운 열대야 속
시원한 소낙비처럼
맺힌 마음 뻥 뚫어달라고

쑥국 쑥 쑤국
쑥국새는 오늘도
한(恨) 풀어 보고파
구성지게 외치고 있다.

양지회

모처럼 양지회 친구 만나
점심 식사
한식집 식탁 위에
주인이 차려주는 된장찌개

하얀 쌀밥
두툼한 뚝배기에
구수한 된장찌개가 보글보글
우리 우정도 보글보글

뜨겁게 끓어주는
얼큰한 된장찌개 맛
마음도 끓고 입맛도 끓고
우리의 우정도 끓고.

김재삼 제2시집

생명의 샘 햇빛이 좋다

제4부

노을빛을 바라보며

태연한 자세 그러려니 살리라
황금빛 저녁노을 터전
비운 마음 풀어
아름답게 살고 싶다.

산길을 걸으며

까치 까마귀 깍깍대고
송사리 떼 노니는 계곡
흘러가는 물소리 감미로운 화음이
파란 하늘엔 하얀 구름 돌고

이팝나무 조팝나무
꽃창포 구절초 향기
생의 뒤안길에서
지나온 애환이 생각난다

지난 세월 빡빡한 삶 속에서도
오늘도 저 푸른 소나무같이
걸어가는 내 모습
자랑스럽고 감사하다

길고도 짧은 삶
그 산길에 수많은 세월을 깔아놓고
초록 향기 짙은 산길을
파란 마음으로 걸어본다.

삶 그 향기로

삶이란 생명체로
여기 있다

따스한 햇볕 품속은
노란 개나리꽃처럼
아름답고 고운 사랑의 향기

어깨가 무겁도록 짓눌러온 삶
울며 보낸 수많은 나날도
가슴이 에이도록 몸부림쳤던 때도
흥겨운 노랫가락처럼
나에게 진한 향기였지요

지금
서산마루에 붉게 물든
시한부 인생

바래고 낡아버린 눈물이 어린 꽃
향기만은 진하게 피우고 싶다.

삶

지나와 보니
젊음도 흘러가는 세월 속에
숨어버리고
추억 속에 잠자는 친구 그립다

서럽게 흔들리는 그리움 저쪽
보고 싶던 얼굴들은 하나둘 떠나고
멈추지 않는 세월 속에
숨 가쁘게 살아왔는데

밀려오는 저녁노을
안타깝고 서럽다

온몸으로 부딪히며 살아온 삶
휘몰아치는 소용돌이 속을
필사적으로 빠져나왔는데

불타는 열정도 온도를 내리고
어느새 황혼빛이 슬며시 찾아오니
한 막 한 막 넘겨온 지나온 삶
남은 세월이나 잘해 봐야지.

삶이란 연극 드라마

삶이란 나 홀로 엮어 가는 연극 드라마

때로는
행복의 나래를 활짝 펴고 웃으며
하늘 높이 날았고
어떨 때는 모진 눈보라
비바람에 젖어 길가에 엎드려 울기도 했다

누가
그 길로 가라 하지 않았건만
행복과 희망을 바라보며
모진 바람 거센 파도 헤쳐 나갔지

드라마 같은 삶
왜 나와 싸우며 살아야만 했을까
뒤돌아보니 일장춘몽

하늘을 바라보니
석양빛이 화려하게 꽃이 피니
이젠 무겁던 짐 다 벗고
마음 편히 느긋느긋 살고 싶다.

널 사랑 하나 봐

보고 싶다 자꾸만
뜨거운 내 가슴에 널 안고 싶어
내 삶의 전부인 그리움

죽을 것 같은 아픔이 와도
널 놓고 싶지 않아
이제는 두려워 말자

너도 날 떠나지 못할 거야
심장 하나로 숨 쉬고 통하는 체온
우린 둘 아닌 하나.

노을 실은 강가

– 춘천 의암호에서

조각구름 사이로 저녁노을이
해님은 서산마루에 걸쳐 앉아
찬란한 조명으로
강물은 붉게 물들고
쓸쓸한 갈대숲은 정열의 한숨 소리

강물에 비췬
황금빛 노을이여
잔잔한 파도 반짝이는 강물
임과 함께 바라보니
낭만의 강물.

노을빛을 바라보며

곱게 물든 노을이
슬픔에 군불을 지피듯
내 마음 붉게 물들어 간다

삶에 찌든 응어리들
안으로 녹이며 모두 끌어안고
마음 비워 편안히 살고 싶다

삶의 허무함을 감추고
욕망도 뒤로한 세월의 발자취
눈가의 이슬방울 스치며

태연한 자세 그러려니 살리라
황금빛 저녁노을 터전
비운 마음 풀어 아름답게 살고 싶다.

능소화

담장 타고 피어보는
고운 얼굴로

낮에도 밤에도
오매불망 임 그리는 꽃

보고 싶은 붉은 마음
나팔에 담아

담장 넘어 속삭여 봐도
그리운 마음 안타까워라.

국화 향기

붉게 타는 단풍보다
더 짙게 퍼지는 가을 향기

노란 속삭임은
기다림에 방긋 웃어주는
국화 향기.

떠나는 가을 오는 겨울

불꽃같이
산야를 물들이던 황금물결도
찬바람의 기세에 밀려
떠나고 있다

눈이 오는 겨울
온 세상은 하얗게 변할 거야
내 마음에도 함박눈이 내리고
행복도 눈송이에도

사랑의 열정이 싹터
따스한 그대의 온기가
그리운 기다림

겨울이 문을 열고
올 것 같은 찬바람

하얀 사랑은 샘물처럼 솟아
바람은 벌써
하얗게 함박눈이 내리고 있다.

가을비 1

화사한 너의 미소
내 가슴에 행복 싣고
피어나는 꽃송이마다 사랑의 향기

한여름 뙤약볕
사랑의 결실을 위한 산통이었나
필연인가 우연인가 만난 우리

아픈 눈물 지워주듯
부슬부슬 내리는 가을비
속 가득 영그는 사랑의 결실.

가을비 2

고요한
내 가슴에
황금물결 담았는데

짓궂은
가을비가
내 마음을 물들여

서러워 쏟아지는 가을비
떨어지는 붉은 단풍
지난 시절 그리며
추적추적 울고 있다.

가을이 오는 소리

설레는 마음으로
가을을 맞는다

파란 하늘에는
새하얀 새털구름
화백들의 미소가 흐르고

산언저리에 맑은 샘물은
목말라 잠시 머문
양털 구름의 갈증인가

불어오는 산들바람
농부들의 땀
닦아주는 아름다운 여인

길가 코스모스꽃
산들산들 꽃향기 되어
사랑의 노래로 메아리친다

무르익어가는

계절의 풍요로움
보석같이 영글어가는 황금물결
귀뚜라미 합창 곡조에
고추잠자리 흥겨워
하늘 높이 춤출 때

시인은
가을이 오는 소리에
귀를 기울여 들어본다.

가을이 오는 소식

땀방울 빗방울 같은 삼복
쨍쨍한 햇빛 폭염을 뿜어
싱그러운 녹음방초
불볕에 지쳐 축 처진 날개 사이로
몸서리나는 열대야

초록빛 물결이 바람에 흔들리면
생의 참맛에
생기가 도는데
아니 벌써
가을이 오는 소식

푸른 잎 갈색으로 변할수록
은빛 머리 하나둘 바람결에 떨어져
황혼의 삶인가
아, 약속한 계절이여
더도 덜도 말고 이대로가 좋은데.

벌초 가는 길

황금이 불타는 고향 산천에
부모님 토담집에 문안 행차길
할머니가 바쁘게 설쳐 대는 틈에
제초기도 갈퀴 벗해 승용차 타고

이글대는 햇볕에
마음대로 자란 잡초들
틈새를 헤치며 사정없이 도는 칼날
쓰러지는 잡초

살벌한 전쟁 뒤에
갈퀴로
구석구석 곱게 단장하니
우리 부모 빙그레 웃고 있다

새 단장 한 부모님께
하직 인사 올리니 오늘만은
불효 마음 다 털어 버리자

가벼운 마음으로
떠나오는 불효자.

고향길

눈 위에 주름 골 깊어만 가고
살며시 떠오르는 그리움 머문 곳
반세기를 달려보는 국도 3번
백발이 성성해도 사랑 피는 향기 길

꿈에 그리던 지게 그 시절 간곳없고
앞마당엔 트랙터가 자리 잡아
옆집 허리 굽은 낡은 기와집
주인 없이 개망초가 퍼질러 서 있다

아련히 들리는 뻐꾹새 소리
한 바퀴 감아 돌던 바람 소리
솜털처럼 부푼 고향 가슴에
가고 머문 자취를 더듬어 본다.

추억 담긴 늦가을

깊어만 가는 가을
나뭇잎은 떨어져
찬바람에 풍선처럼 날아간다

낙엽도 떠나버린
이제 텅 빈 지리
가을의 쓸쓸함 고독 속에 숨기고

추억 담긴 그 자리
그때가 그리운
고달픈 나목으로 새봄을 설계한다

추억이 남아있는 여기
당신과 내가 사랑을 소곤거리던 곳
앙상한 가지 위에 메아리 소리만이
쓸쓸히 쉬어 가는구려.

흘러가는 구름아

높고 파란 하늘에
흘러가는 구름
세찬 바람이
사방을 조종한다

너의 의지 어디인가
둥실둥실 떠서
매서운 찬바람에
오가는 떠돌이

정처 없는 나그네로
방향 잃은 내 인생
가슴만 후벼 파네

여보시오
시절이 엉망진창이니
구름만 탓하겠나!

가을 연가

– 고향집 풍경

고향 집 담장에는
누렇게 익은 호박이 생긋 웃고
초가집 지붕엔 빨간 고추가
맑은 눈빛으로 파란 하늘을 쏘아보고 있다

알록달록 안마당엔
보랏빛 설렘으로 가득
붉게 익은 감이
부끄러워 고개를 숙인다

달콤한 가을이 노래하는데
내 마음 아는지
까맣게 익은 해바라기
나보단 더 큰 키로 금빛 들녘을 바라본다

풍성하고 알찬 가을
내 삶의 성격처럼
언제나
야무지고 짓궂다.

김재삼 제2시집

생명의 샘 햇빛이 좋다

제5부

눈 내리는 호수에

투명한 빛들이 산란하여
눈부시게 처연한데
담을 수 없는 욕망 위에
소복소복 쌓이는 눈꽃

애수

멀고 먼 세월
영원하지 못할 줄 알면서도
맞잡은 손은 항상 따뜻했다

세월이 흘러
그리움으로 남을 줄 알면서도
즐겁고 행복한 순간순간을 밀쳐낼 수 없었고
먼 훗날
가슴 후비는 아픔이 올 줄 알면서도
설레는 마음 뿌리칠 수 없었네

이제는 먼 풍경이 돼버린
사랑스럽고 행복했던 우리의 사랑
야멸차게 내몰아칠 수 없었던 죄

방구석에서 웅크리고
숨만 몰아쉬는 처절한 나의 모습
나도 모르겠다.

여정

예쁘고 아름다운 꽃도
세월이 가면 지듯이
나도 구름 따라 바람 따라
세월 따라가겠지

머물다 가는 인생길에
그리움도 아쉬움도 있는데
가야 할 길 나그넷길
흘러 흘러가는 걸

잠시 머문 그 자리
사랑도 행복도 있었지만
머물고 싶은 내 마음도
강물처럼 흘러가는데.

외길 인생

수천 보 수만 보
걸어가는 인생길
잃어버린 길 찾아 헤맨
한 많은 고갯길

파란 새싹이 굼틀거려도
서산을 불태우던 열정도
어둠 속에 지우고 숨 고르는 적막

자음과 모음이 맞물리지 않은
해법의 평행선에 서서
그림자 없는 외길에
이정표 찾는 외길 인생.

한잔 술에 울었다

그때
사랑이 하도 아파서
술잔에 가득 채워 꿀꺽 마셨다

이제껏
그리움이 목에 걸려
눈물만 펑펑 솟아

숨 가쁜 세월
길고 긴 아픔으로
지워지지 않는 사랑

가슴속에 심어 놓지 못한 바보
한잔 술에 빼고 곱하는
서러운 눈물이.

눈 내리는 호수에

눈꽃 송이로 고요하게 잠든 밤
하얀 천사가 검은 내 마음 덮고
티 없이 반짝이는 눈꽃 송이

정녕 잡을 수 없는 먼 곳
하얀 미소 띤 눈꽃이
호수에 내리면

투명한 빛들이 산란하여
눈부시게 처연한데
담을 수 없는 욕망 위에
소복소복 쌓이는 눈꽃

잔잔하게 일렁이는 물결 위에
사라져 가는 새하얀 눈꽃
가슴을 파고드는 빛과 그림자.

단풍 길을 거닐며

가을은 익어
갈바람에 낙엽이 우수수
그 길을 하염없이 걸어가며

떨어지는 이파리
밟아보는 가을의 정취가
더욱 아름다운 낭만으로 젖어온다

휘날리는 낙엽이 있어
외롭지 않고
사랑 가득 행복 가득 가슴에 담고

아름다운 가을
낭만적인 가을
낙엽과 함께 거닐어 본다.

둘째 형수를 이별하며

오늘은 슬픈 날
좋은 봄날도 꿈같은 옛날
영원히 돌아오지 못할
먼 길을 떠나시는 형수님
지켜보는 애통한 마음
세월을 원망합니다

소중한 인연을
매정하게 뿌리치는
영원불멸의 저세상에는
누가 그렇게
기다리고 있었나요

떠나시는 마음보다
보내는 마음이 더 애통하고 쓸쓸하다

인간에서 육탈 하시는 오늘
하늘에는 햇빛도 유난히 밝아
가시는 길 환하게 인도하네요
극락 세상에서 편히 쉬시고
영원불멸의 혼이 되시길.

무명 시인(詩人)

흙 속에 묻힌 돌조각
제 자랑하고 싶다
그들은 스스로 밝은 세상
오기만 기다릴까

세상만사
두려워 얼굴 내밀지 못할 뿐
조각돌로 사명을 다하고 있다.

바라만 볼 뿐

허상 속에
밀려갔다
밀려오는
잔잔한 물결

기억의 샘에
가득 찬 밀어들

연정이 넘나드는 세월에도
잡히지 않는
허무한 기억

눈물까지 메마른 시간 속에서
그냥 바라만 볼 뿐.

겨울 동해 바다

— 묵호에서

쓸쓸한 겨울 바닷바람은 찬데
그리움만 남긴 체
지평선 멀리 떠나가는 배

임은 그렇게 떠나가고
가끔 들리는 뱃고동 소리
심금을 울린다

파도가 철썩대는 바닷가 백사장
곱던 해당화 꽃잎은 떨어지고
앙상한 가지마다 날카로운 가시

철모르는 갈매기 하늘 높이 끼룩끼룩
임 떠난 바다에 밀려오는 고독
이렇게 서러운 줄 난 몰랐네.

겨울밤

차디찬 바람으로
달빛 흔들고 가면

떨리는 문풍지
낙엽 구르는 소리
희망 한줄기로 반짝이는 별빛
저기서 걸어오고 있다

달빛 내려앉은
으슥한 골목에
반짝반짝 눈송이 내리면

까맣게 타버린 세월
하얀 세상 오겠지.

그 사람

혹독한 겨울바람에도
꽃처럼 화사하게 웃어주던 그 사람
낙화될까 두려워 가슴 조이며
바라만 보던 그 사람

보일 듯 닿을 듯
먼 듯 가까운 듯
마음속에 깊이 간직한 그 사람

사계절 고운 꽃송이로
시들지 않는 열정으로
오래오래 남아 있기를

지는 꽃잎처럼
떠날 것 같아
마음속 온실에 소중히 간직하네.

그립다

눈 부신 햇살이
화려하게 피던 지난날의 추억

꽃향기처럼 안겨 오던 그대 미소도
아침 이슬처럼 사라진 그때 그 시절

뭉게구름처럼 떠오르는
기억의 샘물은
차디찬 술잔 속에
나의 마음을 흔들어

꽃잎 속에 피던 향 어디로 가고
생각만 가물가물
추억담은 그리움
입가에 머문 미소

꽃잎에 살짝 얹어
되새기는 말
그립다
추억이.

꽃이 피고 지는 이치

누굴 그리워하는 것은
꽃잎 날리는 바람결에
내 마음속 그리움 하나 멀리 보내고

누굴 기다림은
봄꽃 지는 강물 위에
내 영혼 속 사랑 하나 만들어 놓고

누굴 사랑함은
장미꽃 가시에 찔리는 눈물로
내 붉은 가슴 도려내는 아픔이구나

알았다 그 이치
사랑은 왔다가
홀로 가는 것이 아니고

꽃잎이 지는 슬픔은
사랑의 결실을 알리는
진통의 시작이란 것을.

나의 기도

– 6월의 태양이여

답답한
가슴속 검은 욕망
힘들고 슬플 때 괴로움
모두 불태워 주소서

가끔 먹구름 위에서 허덕일 때
메마른 가슴 촉촉이 적셔주시고
억눌린 감정 폭발하면
회한의 눈물로 씻어 주소서

6월의 태양이여 찬란한 빛처럼
축 처진 어깨에 푸른빛 솟아나고
창백한 얼굴 분홍빛 화사한 웃음으로
삶의 열기를 넣어 주소서

따뜻한 마음 여유로운 미소로
잔잔한 행복감에 젖어
늘 새 희망 밝은 삶
가득 채워 주소서.

자연이 준 행복

꽃은 아름답게 피어나
기쁨을 선사하고

나무는 싱싱하게 자라나
희망을 주고

숲은 짙푸르게 우거져
건강을 주니

인간은 환한 미소로
행복을 누리자.

찻잔 속에 피는 꽃

경음악이 조용히 흐르는
조용한 찻집
마주 앉은 마음속은 설렘

마음에 쌓인 물은
동공으로 흐르고
공허 속에 피는 미담
찻잔 속에 피는 꽃

잔 속에 일렁이는 미소
꽃으로 피어나고

흐르는 음률 속에서
두고 온 추억은 애잔한데
오가는 그림자만
아른거린다

창밖을 멍하니
바라보는 이 마음
혹여 그대일까

다정한 인연의 모습이
가슴에 눈시울로 아련하다

노을 끝자락에
아름다움을 그려보며
마음의 빗장을 활짝 열고 싶다.

세상 모든 것
– 내 마음속에

하늘빛이 푸르니
내 마음 푸르고
태양 빛이 밝으니
내 마음 상쾌해

녹색 짙은 산천초목
내 마음 풍요롭고
새들 지저귐에
흥이 절로 난다

벌 나비들 꽃을 찾아
쌍쌍 날아가니
내 사랑도 한 쌍 되어
저 하늘 날고파라

뭉게구름 흘러감은
우리 인생 흐름이고
나의 생애 어디론가
구름처럼 흘러가네

이 세상 모든 것은
내 마음속에 있는 것을
희로애락 부귀영화
내 마음에 있기에

내 마음 나 스스로 추스르며
어질고 슬기롭게 살아가리다.

인연이란 향기

인연이란 테두리 속
우연히 싹튼 연보랏빛 사랑
새록새록 자라나는
우리의 만남

만남의 깊이만큼
차곡차곡 쌓이는 인연
봄의 화신 같은
아름답고 포근한 행복감

은은한 향기로
오늘도 내일도
살며시 피어나는 사랑
아름다운 인연이란 향기.

<작품해설>

'햇빛'이 주는 이미지, 그 삶

李姓敎
(시인·성신여대 명예교수)

1. 뚜렷한 정신 자연의 순리에 따라

우선 그는 자기의 아호를 '햇빛'이라고 했다. 참 재미있는 표현이고 사상이라 할 수 있다. 대개 그의 이름이나 아호에서 그 사람의 성격이나 사상을 짐작할 수 있다. 사람의 성격을 대체로 두 가지 타입으로 나눌 수 있다. 하나는 겉으로 드러나는 외향적인 것과 또 다른 하나는 속으로 익히는 내성적인 성격인 것이다.

김재삼 시인은 대체로 행동반경으로 봐 내성적인 것에 더 치우쳐 있다고 볼 수 있다. 시 쓰는 사람의 입장으로 볼 때 내성적인 표현이 더 큰 효과를 드러내어 좋은 평가를 받는지 모른다. 즉, 그 표현은 속으로 더 익혀서 시의 꽃을 피우기 때문이다.

먼동이 튼다
오색 운무의 현란한 축복에
태양은 둥실 밝은 빛을 밝히고

새 아침
있는 자도 모자란 자도
평등과 평화에 허리 굽혀 고개 숙인다

햇빛
그 은혜와 사랑 새 생명을 잉태하고
먹고 자라며 결실하고 사라지는 세월

생명의 햇빛
우연히 왔다가 인연 속에 꽃피워
무심히 사라지는 못다한 생명

사랑과 원한의 눈빛도
탐욕과 욕망의 눈빛도
흐르는 물빛처럼 무심해
내 그대를 바라보며 사랑했기에
스스로 '햇빛'이라 하였노라.

— '햇빛' 전문

이 시는 그 성격으로 봐 김재삼 시인의 시세계를 제일 정확하게 표현한 대표시라 할 수 있다. 이 시 전반부에서 잘 볼 수 있듯이 새아침에 새로 떠오르는 태양을 보고 사랑과 은혜를 고루고루 줄 수 있다는 마음 포근함에 새로운 힘을 얻는다는 것이다.

이 시 전체를 보면 〈생명〉이란 말이 두 번 나온다. 3연에서 〈햇빛 / 그 은혜와 사랑 새 생명을 잉태하고〉, 4연에서 〈생명의 햇빛 / 우연히 왔다가 인연 속에 꽃피워〉에서 〈햇빛〉의 위력을 강하게 노래하고 있다.

김재삼 시인은 특별히 그의 태생이 농촌이기 때문에 자연과 햇빛과의 관계를 절실히 보아온터라 이 〈햇빛〉은 생명을 키우는 큰 에너지였던 것이다. 이 〈햇빛〉은 생을 다하는 날까지 늘 마음속에서 새로운 생명을 낳고 있는 것이다.

이러한 연고로 그의 시에서는 자연 친화에서 오는 생명의 시가 많았다. 자연을 배경으로 한 소재 가운데 무심히 흘러가는 강물을 보고도 예사롭지 않게 노래했다.

〈강물이 되어 흐르고 싶다 / 그대와 머문 자리 / 기억 저편에 // 태연히 살아있는 그리움을 / 서러워 꺼낼 수 없는 가슴앓이 /말없이 띄워 보낼 / 강물로 흘러가고 싶다 // 소리 없이 적시는 가랑비처럼 / 온 땅을 흔드는 장대비처럼 / 말없이 받아들이다가도 / 가끔은 아프도록 이별도 하지 // 아무도 막지 못할 운명으로 와 / 제갈길 찾아가는 / 강물이 되어 흐르고 싶다〉 — '강물이 되어' 전문

살아온 과정을 〈강물〉에 비유해 아픔도, 서러움도 이별도 감수한 채 너그러이 살겠다는 마음을 노래했다.

첫 연 첫 행에서 〈강물이 되어 흐르고 싶다〉, 2연 〈태연히 살아있는 그리움을 / 서러워 꺼낼 수 없는 가슴앓이 /말없이 띄워 보낼 / 강물로 흘러가고 싶다>에서 볼 수 있듯이 모든 것을 운명에 맡기고 자연스럽게 살고 싶음을 강조했다.

여기에 이어 〈강물처럼〉이란 시도 이와 비슷한 부류의 시다.

〈도도히 흐르는 강물 / 그 마음 한량없이 넓다 // 오패수도 흙탕물도 끌어안고 / 계곡에서 조잘대던 여울물도 / 벼랑에서 떨어지는 폭포수도 / 말없이 조용히 품에 안아 정화한다〉
— '강물처럼' 일부

도도히 흐르는 강물의 모습에서 한량없이 넓은 마음을 찾을 수 있음은 자연의 순리대로 살고 싶음을 강조한 것이다.

김재삼 시인은 계절의 변화에도 민감하였다. 단순한 순환 절차에서보다도 삶의 변화에서 오는 정신적 변함이 컸던 것이다. 즉, 계절을 있는 그대로를 보는 것이 아니라 그 속에서 인생의 새로움을 발견하려고 했다.

특히 그 가운데서도 새로운 생명을 보여주는 〈봄의 계절〉과 그것의 종말을 보여주는 〈가을의 계절〉 인식이 더 크다.

파란 꽃 빨간 꽃 노란 꽃 하얀 꽃
지천으로 피었네
파란 하늘 아래 연두빛 향기로

벌 나비 찾아오면
환희의 가슴 내일을 위해
포근한 정 못해본 정
아낌없이 줄거야

따스한 햇볕으로 언 땅 녹이고
잠자던 우리 아기 손가락 펼칠 거야

청운의 푸른 꿈
지지배배 새들의 봄 노래로

— '내 마음에 봄이 오니' 전문

땀방울 빗방울 같은 삼복
쨍쨍한 햇빛 폭염을 뿜어
싱그러운 녹음방초
불볕에 지쳐 축 처진 날개 사이로
몸서리나는 열대야

초록빛 물결이 바람에 흔들리면
생의 참맛에
생기가 도는데
아니 벌써
가을이 오는 소식

푸른 잎 갈색으로 변할수록
은빛머리 하나둘 바람결에 떨어져
황혼의 삶인가
아, 야속한 계절이여
더도 덜도 말고 이대로가 좋은데

— '가을이 오는 소식' 전문

이 두 시에서 보는 계절의 의미 — 인생의 한 과정을 보는 것 같아서 느끼는 바가 크다. 봄의 시에서 보는 생명의 약동, 그 화사함이 잘 펼쳐졌다.

첫 번째 시 〈내 마음에 봄이 오니〉 첫 연 〈파란 꽃 빨간 꽃 노란 꽃 하얀 꽃 / 지천으로 피었네〉 와 3연 〈따스한 햇볕으로 언 땅 녹이고 / 잠자던 우리 아기 손가락 펼칠 거야 / 청운의 푸른 꿈 / 지지배배 새들의 노래〉 등에서 봄의 이미지를 볼 수 있다.

두 번째 시 〈가을이 오는 소리〉 에서 2연 〈초록빛 물결이 바람에 흔들리면 / 생의 참맛에 / 생기가 도는데 / 아니 벌써 / 가을이 오는 소리〉 푸르청청한 생기도 차츰 사라져가는 그 단계 — 인생의 황혼기를 잘 볼 수 있어서 심령이 서글프다.

인생의 아름다운 첫 단계를 그리는 생명의 첫 시작 봄을 그린 것이 〈봄비를 앞세운 입춘〉을 위시해서 〈내 마음에 봄이 오니〉 〈봄의 화신〉 〈봄이 오는 길목에서〉 등이고, 그 생기가 시들어가는 〈가을〉을 그린 것이 〈가을이 오는 소리〉를 비롯해서 〈가을비〉 〈가을연가〉 〈단풍 길을 거닐며〉 〈추억 담긴 늦가을〉 등이다.

인생을 사는 동안 자연의 조화에서도 인생의 무상을 감지한다. 계절의 변화에 따라 뚜렷이 보여주는 자연현상 — 그것은 어떤 면에서는 아름답기만 하다. 그것의 상징이 꽃세계다.

김재삼 시에서 〈꽃〉이 많이 등장하는 것은 그의 남다른 자연 사랑과 아름다움을 마음에 간직하는 미의식 때문이다. 그의 시에 많이 등장하는 꽃 〈매화〉 〈벚꽃〉 〈장미꽃〉 〈능소화〉 〈민들레〉 〈달맞이꽃〉 〈국화〉 등이다. 이 꽃들은 제각기 특성이 달라서 그 비밀이 속에 감추어져 있기도 하다.

김재삼 시인이 노래한 〈매화〉 에서 보더라도 매화의 속성을 노래하여 〈곱고 고운 너의 모습 / 아름다운 그 향기 / 가슴에 품고 싶은 욕망 // 긴 잠에서 깨어나 / 얼굴부터 내민 성급한 여인이여 / 앵두 같은 그 입술에 / 누가 입 맞추랴 // 벌 나비도 오지 않는 꿈속 / 찬이슬 모진 바람 / 참고 견디는 / 눈물의 여인이여> 라고 표현했다.

사랑하는 여인의 모습을 〈매화〉에다 비유하여 일찍 피어난 모습을 〈얼굴부터 내민 성급한 여인〉이라고 한 것을 비롯해서 〈앵두 같은 입술〉〈참고 견디는 눈물의 여인〉 같은 것은 매화꽃의 아름다움을 극찬한 것이다.

2. 보다 긍정적인 삶, 그 향기

그의 아호 '햇빛'이 시사해주는 그대로 항상 빛 속에 살기를 원하고 있다. 현실은 삶의 진행상 때로는 비바람이 불고 어둠이 끼는 구름이 온다고 하더라도 또 다른 마음(심령)속에 불을 켜고 있으면 어둠이 쉬이 사라진다.

인생 삶의 태도는 크게 두 가지로 본다. 하나는 긍정적이고 적극적인 태도, 또 다른 하나는 매사에 소극적이고 부정적인 태도를 들 수 있다.

김재삼 시인은 보다 나은 새 삶을 향해서 보다 긍정적이고 적극적인 태도를 취해 주어진 현실에서 열심히 살고 있다. 그의 많은 시에서 그 정신을 찾아볼 수 있다.

강한 햇살에 안겨 오는

붉은빛 속삭임

야릇하게 빨려드는
저 눈빛

바람결에 밀려오는
밀어

가시 있는 그리움
전부 사랑으로 꽃피우리

붉게 검붉게
사랑으로 가득 피웠네

— '장미꽃 사랑' 전문

밤이 어두운 것은
태양이
내일을 찬란히 빛나게 하려는 것

나를 괴롭히는 크고 작은 고난과 괴로움이
큰 행복을 주기 위한 시험대인 것을

마음이 답답하고 어두울 때
마음속에 등불 하나 밝히자
길이 보이고
세상만사 찬란히 빛나는 것을

내 마음의 불빛이
주위를 비춰주고
가슴에서 마음의 등불이 되면

세상은 환하게 밝아
구름 없는
태양으로 빛이 날거야

― '내 마음의 등불' 전문

이 두 시에서 역사를 창조하는 힘이 대단히 긍정적이고 적극적임을 알 수 있다. 〈장미꽃 사랑〉에서 볼 수 있는 첫 연 〈강한 햇살에 안겨 오는 / 붉은빛 속삭임〉 자체가 장미꽃 사랑의 요체다. 그리고 4, 5연 그 사랑의 적극성이 더 강조되어 있다.

이러한 높은 정신으로 살아감엔 인생이 더 아름답고 행복감에 젖어있음을 감지할 수 있었다.

3. 우수한 표현한 언어구사

아무리 좋은 시상, 주제가 있다고 하더라도 그것을 어떻게 표현하느냐에 따라 그 성패가 달려있다 해도 과언이 아니다. 그냥 '봄은 와서 꽃이 피고 새가 운다'고 할 때 이것은 하나의 상황이지 표현은 아니다. 표현은 하나의 있는 사실을 그리는 것이다.

생활할 때도 늘 마음속으로 그리며 사는 것이 그의 표현 태도다.

〈햇빛이 싫어 / 어두컴컴한 달빛이 좋다 / 길손도 오가지 않는 / 벌 나비도 날지 않는 고요한 밤이 // 불러도 대답 없는 / 애끓는 사연들을 / 가슴속에 다지는 인고 / 창백한 여신으로 애끓는 두견새 울음 그치고 / 붉은 달이 서쪽으로 기울면 / 태고의 적막 속에 별빛만 파고드는 / 가슴 조이는 아픔이 온다 // 동녘이 밝아오면 / 눈물겨운 그 많은 사연이 / 아침이슬과 함께 / 꽃잎을 접는 거룩한 지조〉 — '달맞이꽃' 전문

〈서쪽 하늘 노을빛 / 해지는 밤 / 파란 하늘에 눈썹달을 그렸네 / 자연의 조화 // 한적한 골목길 / 혼자 걸으니 / 길동무 되어 / 속삭이고 있네 // 저 눈썹달 곱게 따서 / 우리 임 / 눈썹에 달아 주고파〉 — '눈썹달' 전문

이 두 시에서 보더라도 똑같이 표현하고자 하는 대상을 외형적으로 그리는 것이 아니라 내면 움직임을 상세히 그리고 있다. 그래서 그의 정서 표현의 방법은 늘 음성적인 간접 표현으로 이루어지는 것이다.

첫 번째 시에서 〈달맞이꽃〉 자체가 그 이름 그대로 〈햇빛이 싫어 / 어두컴컴한 달빛이 좋다 / 길손도 오가지 않는 / 벌 나비도 날지 않는 고요한 밤이 // 불러도 대답 없는 / 애끓는 사연들을 / 가슴속에 다지는 인고〉 라고 했다.

두 번째 시 〈눈썹달〉에서 그 모습을 그려 〈서쪽하늘 노을빛 /

해지는 어둠 / 파란 하늘에 눈썹달을 그렸네〉가 바로 우수한 표현의 예다.

따라서 여기에 동원된 언어를 보면 그 표현에 알맞은 수준 높은 언어들이다. 그 표현에 있어서 같은 말이라도 몇 번이고 정제된 말임을 알 수 있다.

소위 시어로서의 빛남을 도처에서 볼 수 있다. 표현과 함께 그 시어의 번득임을 큰 것 몇 가지로도 찾아볼 수 있다.

○ 〈봄비를 앞세운 입춘〉에서
"언 땅속 깊숙이 잠자던 입춘"
"연두색 입술로 눈을 뜨고"

○ 〈장미꽃 사랑〉에서
"야릇하게 빨려드는 저 눈빛"
"바람결에 밀려오는 밀어"

○ 〈노란 꽃 민들레야〉에서
"머리가 하얀 고깔 곱게도 익어"
"나풀나풀 날아가 / 은빛 날개 접는구나"

○ 〈삶〉에서
"서럽게 흔들리는 그리움 저쪽"

○ 〈떠나가는 가을 오는 겨울〉에서
"하얀 사랑은 샘물처럼 솟아"

그의 시가 전통주의 시에 가깝다는 또 하나의 반증은 요사이 난해시에서 많이 보는 어지러운 산문체에 비해서 눈에 보이지 않는 리듬을 밑바탕에 조심스럽게 깔고 있음을 볼 수 있다. 그래서 그의 시가 대체적으로 짧고 읽기 좋음이 그런 연유에서다.

담장 타고 피어보는
고운 얼굴로

낮에도 밤에도
오래불망 임 그리는 꽃

보고 싶은 붉은 마음
나팔에 담아

담장 넘어 속삭여 봐도
그리운 마음 안타까워라

— '능소화' 전문

이 한편만 보더라도 전통시에서 보는 운율의식이 잘 나타나 있다.

지금까지 그의 시를 여러 가지로 살핀 결과 그만이 노래할 수 있는 독특한 특성의 경지를 많이 발견할 수 있었다. 그것은 특히 요사이 신인들의 시가 시의 탄탄한 기본 없이 함부로 무엇을 부르짖는데 비하여 그의 시가 특출하다는 것이다.

김재삼 시인이 추구하고 있는 시세계는 다른데 눈 팔지 않고 오직 진실하게 한국 사람의 생활을 잘 나타내어 한국 전통주의 시맥을 잘 이어받았다는 것이 큰 특징이었다.

그 표현의 방법으로도 이때까지 보아오던 전통 정서를 잘 이어받아 그것의 내용을 효과적으로 잘 표현하고 있었다. 그래서 그의 시에서는 자연 친근 의식의 시가 많고 거기에 따라 인생을 노래하는 시도 많아서 큰 호감을 주었다.

그가 갖고 있는 이상(理想), 불붙는 정열, 뚜렷한 시 정신으로 그의 시는 앞으로 더 큰 세계를 보여줄 것이다.

생명의 샘 햇빛이 좋다

초판인쇄 2020년 3월 10일 초판발행 2020년 3월 15일

지은이 김재삼
펴낸이 장현경 펴낸곳 엘리트출판사
등록일 2013년 2월 22일 제2013-10호

서울특별시 광진구 긴고랑로15길 11 (중곡동)
전화 010-5338-7925
E-mail : wedgus@hanmail.net

정가 10,000원

ISBN 979-11-87573-20-3 03810